KB180864

산 낙지의 슬픔

지은이 장재덕

호는 石松. 1952년 경북 문경 가은 출생으로 경북대학교 국문학과 졸업 후 정화중학교 교사를 역임하였으며 2002년 첫 시집 『행복한 남자』를 출간하였다.

산 낙지의 슬픔

© 장재덕, 2014

1판 1쇄 인쇄__2014년 06월 11일
1판 1쇄 발행__2014년 06월 23일

지은이__장재덕
펴낸이__양정섭
펴낸곳__작가와비평

      등록__제2010-000013호
      블로그__http://wekorea.tistory.com
      이메일__mykorea01@naver.com

공급처__(주)글로벌콘텐츠출판그룹

      대표__홍정표
      편집__김현열 노경민 김다솜 **디자인**__김미미 **기획·마케팅**__이용기 **경영지원**__안선영
      주소__서울특별시 강동구 천중로 196 정일빌딩 401호
      전화__02-488-3280 **팩스**__02-488-3281
      홈페이지__http://www.gcbook.co.kr

값 8,000원
ISBN 979-11-5592-111-1 03810

작 가 와 비 평
시   선

산 낙지의
슬픔

장재덕 시집

작가와비평

첫 시집 『행복한 남자』 이후 오랜만에 내는 두 번째 시집이다. 어쭙잖은 소품이라 알몸을 보이는 심정이나 진솔한 마음을 담았다는 것만은 서슴지 않고 말할 수 있다. 무엇이든 하면 할수록 어려워진다고 하는, 옛사람들의 깊은 뜻이 담긴 말을 실감하면서 글을 읽는 분들께 누가 되지 않았으면 한다.

창작이란, 무질서하게 흩어져 있는 현상 속에서 벌어지는 상황을 적절히 도려내어 엮어서 보여줌으로써 사람들에게 어떤 메시지와 느낌을 전달하는 작업이다. 그것이 진솔하고 공감을 줄 때 사람들은 감동을 받기도 한다.

예술 작품 가운데 특히 '시'는 어렵다고 하는 사람들이 많은데 그건 사실이다. 그런데 시를 감상하고 접근하는 방법을 조금 알면 달라질 수도 있을 것이다. 작품을 읽을 때, 액면 그대로 해석하려 하지 말고 작품을 쓸

때 시인이 느꼈을 법한 분위기와 그때의 마음을 이해하려고 하면 어느 정도 도움이 되리라 생각한다.

늘 자신에게 물어보지만 많은 작품을 쓰기보다는 사람들의 영혼에 잔잔한 울림을 주려고 하는 것이 시를 쓰는 나의 자세이고 또한 소신이다. 글을 쓰는 일이 나에게는 단순한 기쁨을 넘어 자유와 행복을 가져다주었다. 그러니까 밥 먹고 잠자는 일만큼이나 소중하다고나 할까.

내 영혼을 성숙하게 해 주는 글쓰기를 언제까지 할지는 모르지만 진실하게 살아가는 내 모습을 보고 싶은 마음은 영원하다. 그리고 현대를 사는 많은 분들께는 보잘것없는 작품이지만 새벽녘 풀잎에 맺힌 싱그러운 이슬로 비춰졌으면 하는 것이 작은 바람이다.

끝으로 시집 발간을 도와주신 이상규 교수님과 출판사에 깊은 감사를 드린다.

차
례

ˇ

2부_산 낙지의 슬픔

나는
배후 인물
이고 싶다

강아지를 위하여

나는 모범 여중생이었으나 귀여운 강아지 뽀삐를 찾기 위해 돈을 훔쳐 가출을 했다. 뽀삐는 늘 집에만 있다 보니 창문으로 내다 본 바깥세상이 그리워 집을 나섰다가 길을 잃었던 모양이다. 이틀 동안 이 골목 저 골목을 찾아다녔으나 뽀삐는 보이지 않았다. 사흘째 되던 날 맥이 탁 풀려 힘없이 어느 골목을 들어서는 순간 수캐들에 둘러싸여 수난을 당하는 뽀삐를 보았다. 고함을 치며 가까이 갔을 때 뽀삐는 음부에 피를 흘리며 신음하고 있었다.

내가 훔친 돈으로 수술비를 지불하자 동물 병원 의사는 야릇한 미소를 흘리며 질 봉합 수술을 해 주었다. 사흘이 지나고 다시 학교에 나갔을 때 담임 선생님은 눈을 부릅뜨고 "너 좀 이상한 아이 아니냐, 어떻게 그까짓 개 때문에 가출을 하니"하고 몰아붙이자 나는 선생님을 째려보며 마음속으로 중얼거렸다.

"생명은 다 소중한 거예요, 그리고 전 남자가 싫어요." 나는 눈물을 펑펑 흘렸고 흐르는 눈물방울 속으로 비치는 선생님의 모습은 정말 너무 너무 이상한 사람 같았다.

권태

시각적으로는 아지랑이 같은 것
병도 아니면서 병적인 것
겨울―
아이가 세숫물 앞에 놓고
손 담그기 싫은 것
늦은 봄―
마당에서 누렁이가 눈꺼풀
반쯤 닫고 하품하는 것
갱년기 여인의 뼛속으로
찾아오는 것
그것은 늘 우리들의 몸속에
복병처럼 숨어 있다.

꽃 1

손대지 마십시오
시들어 버릴지도 모릅니다.
가까이 가지 마십시오
당신의 입김만으로도
꽃은 죽고 말 것입니다.
그냥 멀리서 아름다움을
화폭에 담으십시오.
기분이 울적할 땐
꽃을 바라보십시오
그래도 마음이
밝아지지 않는다면
그 꽃은 허공에 흩어지는
다만 한 점의 티끌이라 말하리다.

봄비

비가 내린다 하염없이.
새색시처럼 수줍은
5월의 봄비가
먼지 풀풀 나는 대지를 촉촉이 적신다.
비는 서툰 아기의 걸음으로 다가가
시든 풀잎을 일으키고
엉겅퀴 무성한 고샅길을 지나
농부들의 푸석한 땅 속으로 스며든다.
뿌리를 떠난 메마른 흙덩이
다시 모여들고 풋풋한 흙내음
골안개처럼 피어오른다.
비는 지친 몸으로 돌아와
문 밖에 서성이며
밤새도록 봄을 실어 나른다.

분재

우연히 바라본 어느 집 분재,
거기서 나무의 서러운 아픔을 본다.
들녘에서 비바람 맞으며
하늘을 닮고 싶었던 왜소한 너
답답한 아파트의 공간에서
그들에게 어떤 기쁨을 주려 하느냐.
나는 가끔 우울하다.
항상 자신의 가까이에 붙잡아 두고
기형적인 아름다움을 즐기려는
우리 인간 모두의 실체를
엿볼 수 있기 때문이다.

새벽

너는 고양이처럼 다가와
기지개를 한 번 켠 후
밤새 껴안았던
온갖 물상들을 야금야금 풀어놓는다.
새떼들의 힘찬 날갯짓이나
텃밭 푸성귀보다 더 신선한 모습으로
가장 고요하고 깊은 곳에서
천천히 어둠의 허물 벗는다.
시간이 흐를수록 커지는 몸피,
너는 백옥 같은 손으로
순수를 퍼 올리며
이 지상의
모든 것들을 향해
밝게 미소 짓는다.

어떤 하루

이태리 타올은 그의 가장 빛나는 무기.
때를 벗길 때마다 다리 저는 아내와
착한 아이를 생각한다.
송글송글 맺히는 땀방울을 보며
지겨운 가난을 떨어낸다.

'옆으로 누우세요, 앉아서 목을 드세요'
꿈속에서도 손님을 받으며
저녁마다 몸살을 앓는다.
가벼운 입맞춤하며 이불 여며 주는 아내.

그들은 가슴속에
한겨울에도 꺼지지 않는
작은 불씨 하나 키우며 산다.

절대자

시간은 언 땅에서 봄꽃을 밀어올리고
벌, 나비를 유인하여 종족을 퍼뜨린다.
또, 가을엔 뿌리를 위하여 잎을 떨어뜨린다.

시간은 게으른 사람의 입 속에 들어가
충치를 만들고 오래도록 둥지를 틀고 앉아
이빨의 뿌리까지 흔든다.

시간은 길을 무너뜨리고
길 아닌 것도 무너뜨리고
길 위의 것들이 길과 함께 무너지고
길 아닌 것으로 새 길을 만든다.
시간은 뒤돌아보지 않으며
늘 알몸으로만 다녀
절대로 그물에 걸리지 않는다.

천지개벽

선생님이 벌레 먹은 사과알처럼
나무에서 떨어져 경사진 비탈로 굴러 내린다.
굴러서 시궁창으로 빠진다.
과꽃이 피고 알이 탱탱한 시절에는
농부의 부드러운 손길을 기다렸는데
지금은 오물을 뒤집어 쓴 썩은 사과알,
까마귀도 울음소리만 낼 뿐 외면한다.
내년에라도 과꽃의 독특한 향기로
수많은 벌, 나비들을 유혹하여
단단하고 빛깔 고운 열매를 맺을 일이다

컴퓨터 단말기

문명이 인간을 앞지르는 시대에서
우리는 클릭하는 일에 쉽게 중독이 된다.

인간을, 세상을, 우주를
잡아먹는 사이버 세상.

침을 묻혀 가면서 글씨를 쓰던
몽당연필의 추억.
지도를 찾고
책을 읽고
줄을 서서 지루하게 차표를 끊던
지난날을 그리워하자.
마비된 우리의 감각을 되살리자.

닭과 계란 사이 같은, 이상한 가역 반응

닭이 먼저냐 계란이 먼저냐를 따지는 것은 참 무모한
일이나
자신도 모르게 자꾸만 빠져들 때가 있다.
생각은 마음을 포맷하고 그 마음은 불안, 초조하여
또 다른 생각을 만들어낸다.
그 생각은 통나무를 쪼개어 장작을 만들고,
장작을 쪼개어 홍두깨를 만들고.
홍두깨를 쪼개어 천막의 지주를 만들고
지주를 쪼개어 뜨개질바늘을 만들고
뜨개바늘을 쪼개어 이쑤시개를 만든다.
우리는 그 이쑤시개로 이빨에 낀 음식물을 빼내어
잘근잘근 씹어 목구멍으로 넘기든가 아니면 길바닥
에 뱉어 낸다.
그것은 길바닥에 뒹굴다가 사람과 차에 부서지면서
잘게 쪼개고 싶은 우리의 마음을 만족시킨다.
때로 넓은 마음으로 돌아가기도 하지만
아, 알 수 없는 이상한 가역 반응의 끝은 어디인가?

감각 길들이기

시각은 야금야금 해안의 흙벽을 갉아먹는 파도처럼 청각 기능을 잠식해 왔다. 상대방의 눈을 보면서 이야기를 들을 때 상대방이 무슨 말을 했는지 모를 때가 많았다. 일상생활이 안 될 정도로 혼란스러워 병원을 찾았으나 원인을 알 수 없었다.

오랜 방황 끝에 우연히 사물을 무심히 바라보는 붓다의 눈매를 발견했다. 회 접시를 벗어나는 낙지처럼 흩어지는 마음을 주워 담으며 나는 부지런히 에너지를 청각 쪽으로 이동시켰다. 어느 한 곳에 마음이 쏠릴 때 감각도 쏠림 현상이 일어나 균형이 깨어지는 것을 보았다.

거울 들여다보기

어릴 때 나는 거울 보는 것이 좋았다.
머리카락에 붙은 티끌 하나까지 잡아내는
맑음이 좋아 보고 또 보고 닦고 또 닦았다.
세월이 많이 흐른 어느 날
거울 속에서
어른이 된 것을 알았다.
그때 이후
거울 들여다보는 일이 두려워졌다.
온 물을 흩트리고, 사람을 잡아먹는.
무시무시한 이무기 한 마리가
바로 내 안에서 크고 있다는 걸
알았기 때문이다.

겨울 바닷가에서

섣달그믐 해 질 녘에
칠포 앞바다에 갔었지.
해변은 한산했고
백구 몇 마리 날고 있었지.
모래 위의 발자국마다
소복이 쌓인 이루지 못한 꿈
올 한 해 후회 없이 살았니?
다그치듯 겹겹이 밀려오는 파도.
출항을 알리는 뱃고동이
죽어서도 고향을 그리워하는
황태의 귓불을 때린다.
새해에는 더욱 열심히 살아 줘.
파도가 가슴을 쓸어내리며 발목까지 적신다.
섣달그믐 저녁 칠포 앞바다에는
집채만 한 어둠이 해안 곳곳에 내려와
때늦은 출항 준비를 서두른다.

고목 은행나무

동네 한가운데 건강하게 서 있던 널
이곳※으로 옮기던 날부터
너의 죽음은 이미 예견되었는지도 모른다.
돌아보면 아득한 세월
추억은 강물 같은 나이테를 만들고
가슴에는 수령 500년이란 훈장을 달았다.
사람들은 네 앞에서
잠깐 발길을 멈추지만
윤회의 아픈 가지마다
어둠은 쌓이는데
저무는 이 가을 저녁
한 오라기의 신음 소리도 없이
너의 몸은 식어가고 있다.

※ 이곳: 좁고 열악한 학교 한 귀퉁이

내가 누구지?

　사전(辭典)에는 없지만 친구야, 고문관이란 군대에서는 낙오자, 바보, 등신이라고 우리 아들이 그러더라. 낙원이라고 불리던 이 땅이 언제부터 시궁창으로 변한 거야? 나도 처음에는 성실하게 살려고 무척 긴장했었지. 그런데 효부나 현모양처란 말은 가게의 간판 같은 것일 뿐, 시간이 흐르는 동안 손금이나 지문은 여지없이 마모돼 버렸어. 학교 급식을 하기 전에는 아침 일찍 두 개 이상의 도시락을 싸고, 남편 출근까지 시키고 나면 병든 시어머니가 기다리고 있단다. 자식의 숙제를 대신하고, 아이를 위해 같이 과외도 받고 남편에게 끝없이 수발을 하다 보면 나는 텅 빈 껍질이 되어 허우적거리지. 생각해 보니 이건 아니야. 가끔은 궤도를 벗어나는 열차가 되고 싶어. 잘못된 길은 빨리 벗어나서 진정한 자유를 누리고 싶어.

곱창 전골

직장 동료 몇이서
곱창 전골로 이름난 식당을 찾았다.
아주머니가 손수 수놓은
방석 깔고 앉아
물수건으로 오늘 하루를 닦아낸다.
시간이 흐를수록 늘어나는 술잔 속에
깊은 한숨을 쏟아내며 우리는
까다로운 직장 상사와 살쾡이 같은 아내와
뻔뻔한 정치인들을 차례로 도마 위에 올린다.
아주머니는 우리가 뱉어 낸
원망과 음모를 난도질한 뒤
매캐한 질책을 곁들여
끓는 국물 속으로 던져 넣는다.
순간, 곱창처럼 질기고 구린내 나는 하루가
하얗게 수증기로 피어오른다.
머지않아 우리는 다시 식당을 찾을 것이다.
곱창 전골 같은 하루하루를
철저히 담금질하기 위하여.

꿈 길

절망 앞에서 한참 울고 나니 희망이 보였다.
막다른 골목인 줄 알았는데 가까이 가 보니 길이 있었다.
그 길로 아들의 손을 잡고 걸어가는데
우리 어깨와 머리 위로 함박눈이
섣달 그믐밤의 꿈처럼 소복소복 쌓이고 있었다.

나는 배후 인물이고 싶다

나는
밤하늘에 빗금을 긋고
머언 먼 산 너머에 떨어진
별똥별이고 싶다.
아니 별똥별을 궁금해 하는
사람들의 그리움이고 싶다.
또
모세혈관으로 물과 양분을 밀어 올려
향기로운 꽃과 푸른 잎을 피워 올리는
수백 년 묵은 나무의
뿌리가 되고 싶다.

그리고 나는
관객들을 위해 완벽하게
인형을 조종하는 무대 뒤의 인물이고 싶다.

달팽이

두려움 때문에
느려졌습니다.
걸음을 옮길 때마다
아픔을 참았습니다.
더듬이 손을 내저어
세상을 가늠해 보지만
사방은 온통 위험투성이
다시 목을 움츠리고
천적들의 시선을 피해
달팽이는 단단한 껍질 속으로
깊숙이 몸을 숨겼습니다.
어둠이 굼실굼실 달아날 때까지

이튿날 달팽이는
잠에서 깨어났습니다.
해가 뜨거워지기 전에
풀잎 속으로 가야 하는데

가야 하는데…
발걸음이 잘 떨어지지 않았습니다.
감옥 같은 갑옷을 훌훌 벗은 채
내달리고 싶었지만
갑옷은 지울 수 없는
삶의 멍에로 남았습니다.
참을 수 없는 슬픔이었습니다.

두부

아침 식탁에 오른 두부를 먹으며 아이들에게 말했다. 애들아, 너희들 남을 이롭게 하고 속마음이 깨끗한 두부를 닮아야 한다. 사람들은 찬거리를 살 때도 두부에 가장 먼저 손이 가는 법이다. 어느 날 뉘 집 식탁에 올라 사람의 입 속을 부드럽게 적시며 어둡고 긴 터널 같은 위장을 지나면서도 절망하지 않는다. 일부는 혈관 구석구석까지 우루루 쫓아다니며 영양을 공급하고 나머지는 정화조에 모였다가 어느 시골 콩밭으로 숨 가쁘게 달려가 거룩한 생을 마감한다.

바람

바람은 뭔가를 스치면서 철들어 간다.
갖가지 울음소리를 내면서
기쁨과 슬픔의 본질에까지 가 닿는다.

솔숲을 지날 때의 바늘로 찌르는 듯한 아픔과
재스민 향기의 부드러운 감촉에
몸 속 깊이 숨어 있던
속눈이 열린다.

늦가을
잎을 동반하기 위해
바람은 자주 가지를 찾아온다.
가지를 통과할 때
가지의 수만큼 찢어지는 아픔을 겪으며
잎을 떠나보내는 가지의 슬픔도 안다.

잎들이 왜 추락하는지,

또 어디로 가는지를 생각하며
바람은 조금씩 성숙해 간다.

그리고 이별할 때
가장 사랑하게 된다는 것도 깨닫는다.
늦은 가을, 가지를 축 늘어뜨리고
입술이 창백한 나무를 보면서.

바위틈에 떨어진 홀씨 하나

홀씨 하나 바람에 날려 바위틈에 떨어지던 날
절망이란 걸 처음 알았네.
잠깐씩 햇살이 들 때마다 부지런히
자신의 뼈와 살을 수직으로 밀어 올렸지.
드디어 어둠을 뚫고 눈물로써 싹을 틔웠네.
바람이 부는 날이면 무척 가슴이 두근거렸어.
동무들이 보고 싶어 목을 길게 빼고 몸을 흔들거나
그림자를 길게 늘여 그리움의 방향으로
향기도 폴폴 날려 보낸다네.

방충망에 붙은 나방

나방이 방충망에 붙어서
방 안을 들여다본다.
시간이 흘러도 도대체 날아갈 생각을 않는다.
순간 내 의식 속에서 나방은 수백 마리로 늘어난다.
수백 개의 시선이 화살처럼 날아와 달라붙는다.
나는 몸이 오그라들며 전율을 느낀다.

학창 시절 투명한 유리창문 밖에서
감시하던 아버지의 눈초리
나를 진실되게 가르치던 눈, 눈.

끈질기게 방충망에 붙어
밤이 깊도록 아버지의 눈으로
날 쏘아보며 채찍을 가하는
나방의 눈, 눈, 눈.

부활

틈만 나면 술과 여자 이야기로 입심 좋은 사람이 있었
는데

갑자기 시들시들 앓으며 얼굴에 핏기가 없었다.

그가 오랫동안 모습을 보이지 않자,

사람들은 저마다 중태가 아니면 죽었을 거라고 말했다.

그런데 다시 나타난 그의 얼굴은 많이 여위었지만 밝
게 보였다.

대관절 어찌 된 거냐고 물었을 때 그는

'사람은 죽어야 다시 살지요' 하면서

햇살 가득 입에 물고 어린아이처럼 웃고 있었다.

2
부
ᐯ

산 낙지의
슬픔

붕어빵을 굽는 여자

겨울, 인도(人道)의 시멘전봇대에
한 생애를 동여맨 여자가
붕어빵을 굽고 있다.

그녀는 마술사처럼
단팥 미끼로 수백 마리의
붕어를 낚아 올린다.

따뜻할수록 싱싱한 붕어는
자신의 체온을 사람들에게
나누어 준 후 죽어간다.

자신이 죽고 한 가족의 생을
건져 올리는 붕어빵.

그녀는 한기(寒氣)를 참으며
밤이 깊도록
신앙 같은 붕어빵을 굽고 있다.

산 낙지의 슬픔

일몰 시간―

수족관을 살피며 한 무리의 사내들이 들이닥친다.

주인은 넙치 같은 주방용 칼로 산 낙지의 수족을 자른 뒤

기름소금을 곁들여 손님에게 보낸다.

접시 밖으로 죽을힘을 다해 달아나는 토막 난 다리들

젓가락 길이를 통통 맞추던 어느 대머리 아저씨 하는 말,

'이놈 정력이 대단하네. 목구멍에 붙기라도 하면 큰일이야.'

관자놀이에 지렁이 같은 핏줄이 서도록 낙지 다리를 잘근잘근 씹으며,

'그런데 이놈 참 안면이 많단 말이야.'

고개를 이리 갸우뚱 저리 갸우뚱하다가 돌연 무릎을 탁 친다.

'그래, 바로 이놈들이 내 마음이야.'

주인은, 산 낙지의 다리를 자르는 것은 정말 슬픈 일

이라며

　또 다른 낙지의 다리를 자른다.

　낙지는 어두운 조명 아래서 죽음을 거부하는 처절한
몸짓을 한다.

살아있다는 것만으로도

어떻게 사느냐가 중요하겠지만
살아있다는 것만으로도
우리는 기뻐해야 한다.
비록 욕된 삶을 산다 할지라도
다시 후일을 기약할 수 있기에
살아있다는 것만으로도
우리는 감사해야 한다.
밤낮으로 일만하여
부르튼 손, 남 앞에 내놓기 부끄러워도
살아서 숨 쉬고 있다는 걸 즐거워해야 한다.
살아있음으로 해서
우리의 가장 큰 소망인,
행복이 무엇인지를 몸소
체험할 수 있기 때문이다.
살아있다는 것만으로도
우리는.

새와 나무

새가 벌레를 물고 실가지에 와 앉는다. 가지가 흔들리기 시작한다. 처음에는 새가 가지를 흔들지만 나중에는 가지가 새를 흔든다. 벌레도 같이 흔들린다. 가지를 애무하던 공기가 서로 몸을 섞는다. 흔들림은 계속 이어지다가 엇박자가 생겨 가지가 멈춘다. 다른 새 한 마리가 날아와 앉는다. 반가워서 짹짹거리다가 벌레를 떨어뜨린다. 새가 하강하는 순간 가지가 세차게 흔들린다. 가지를 둘러싼 공기가 조금 전보다 더 열렬히 몸을 섞는다. 벌레를 물고 제 자리에 돌아와 보니 그때까지 가지가 공기를 흔들고, 공기는 가지를 흔든다. 새는 나무 그늘 속에 제 그림자를 묻고 앉아 가지의 흔들림을 즐기고 가지 또한 새의 흔들림을 즐기고 있다.

서리태

서리가 내릴 때쯤 거둬들이는 콩, 서리태
너는 이름처럼 꿈도 야무지구나.
흰 쌀과 몸을 섞기 전엔 어김없이 하혈을 한다.
생명력 넘치는 건강함을 보고서야
난 너를 기꺼이 쌀에게로 보낸다.
너는 사람들의 몸속으로 들어가
투명한 모세혈관을 따라 돌고 돌다가
삶에 지친 사람들의 영혼까지 적신다.
남을 사랑하자, 남을 사랑하자는 소리가
계시처럼 귓전을 울릴 때면
또 너는 피곤한 몸을 이끌고 어디론가 달려가
꺼져 가는 한 생명에 또다시 불을 붙이겠지.

선운사※

산아, 청산(靑山)아 새끼를 쳤니?
병풍을 두른 듯한 선운산 자락.
구름을 타고 왔나 선운사, 선운사여!
나비가 되어 앉았나 고운 네 자태.
골짜기 맑은 물의 독경 소리
대웅전 기웃거리는 동백숲.
봄기운은 벌써 요사채 뜰을 적시건만
바람은 눈 속에서 차기만 한데
빈 바랑 둘러메고 고개를 넘는
탁발승의 머리 위로 흰구름 가네.

※ 선운사: 전북 고창군 아산면 삼인리에 있는 사찰

세상에서 가장 짧은 사랑

참나무, 주례 선생님을 모시고
풀잎과 이슬은
어느 날 밤 화촉을 밝혔습니다.
사랑의 다짐이 끝나자
달빛이 살며시 다가와
기념사진을 찍었습니다.
그런 후 바람의 도움으로
그들은 신혼여행을 떠났습니다.
이슬은 행복에 겨워
풀잎의 목을 꼭 껴안았습니다.
그러나 새벽이 되자 이슬은
몹시 슬펐습니다.
잠시 후 해가 뜨면 미련 없이
풀잎을 떠나야 하기 때문입니다.
이슬은 조금이라도 더 함께 있기 위해
안간 힘을 썼지만
떠오르는 해를

막을 수는 없었습니다.

두 눈에는 눈물이 맺혔습니다.

이슬은 차츰 몸이 여위어지다가

세상에서 가장 짧은 사랑을 끝내고

먼 하늘나라로 소리 없이 떠나갔습니다.

소망

사는 일 재미 없고
자꾸만 우울해질 때
수십 길 벼랑을 떨어지는
폭포수가 되어
시들어 가는 마음을
흔들어 깨우고 싶다.
때론
들풀을 일으키는 바람이나
어둠을 밝히는 별이 되어
고단한 삶에 지쳐
비틀거리는 영혼을
일으켜 주고 싶다.
그리고는
아무도 찾지 않는 빈 들판에서
한 마리 새도 쫓지 못하고
눈비 맞으며 서 있는
한낱 허수아비가 되고 싶다.

소망 양로원

시골, 산자락에 몸을 기댄 작은 양로원 하나.
새벽이 되면 꿈에 부푼 노인들은
언 손을 호호 불며
체조와 걷기 운동으로 하루를 시작한다.
얼마 전 새로 온 할머니가
한길 쪽을 응시하며 초조해 한다.
누가 임종 때라야 자식을 만날 수 있다고 했던가
누가 자식 없는 사람이 더 행복하다고 했던가
그녀는 고개를 세차게 흔든다.
식당으로 가면서도 그녀는 한길에서 눈을 떼지 못한다.
식탁에서 밥덩이와 반찬을 씹으면 씹을수록 솟아나
는 그리움.
식사가 끝난 뒤 대부분의 사람들은 게이트볼장으로
가고
몇몇은 성경을 들고 감나무 그늘 아래 근심을 넌다.
머리 위의 가지에는 빨간 소망들이 주렁주렁 매달려
있다.

담장 옆에 웃으며 서 있는 무화과나무를 보며
공허한 소리를 해 본다.
'네가 꽃을 피우면 아이들이 찾아오겠지'
게이트볼장에서는 연신 건강한 웃음들이 두릅순처럼
돋아나고
한낮의 '소망 양로원'은 굴뚝 위로
산딸기 같은 그리움을 새록새록 피워 올린다.

슬픈 노래는 땅에 묻는다

어둠이 내린 호숫가 레스토랑에서
아픈 추억을 이야기하며
찻잔을 젓는 그대 이마
주름 속으로
세월의 강물이 흐르고
바람이 불 때마다
여윈 어깨 너머로
은행잎이 떨어지고 있다.
너의 가슴앓이
물결처럼 커지겠지만 이제
슬픈 노래는 땅에 묻으라.
그러면 그 슬픔 한 개 홀씨되어
그대 깊은 가슴속에서
한 떨기 아름다운
들꽃으로 피어나리라.

시간

시간은 스승이다.

가만히 있어도

모든 것을 제자리로 돌아가게 만든다.

시간은 법이다.

그 앞에서 누구나 평등하고

거역하면 벌을 받는다.

시간은 혈관 속의 피다.

소리 없이 강하며

아낄수록 좋다.

식사 의례 준칙

식사를 하고 나서는 잔반(殘飯)과 반찬들을 잘 관리해야 한다. 밥은 밥대로 반찬은 반찬대로 한 데 모아 불필요한 손실이 없도록 삶을 통합해야 하고 외부의 침입을 차단하기 위해 사랑의 랩을 씌워야 한다. 다음 끼니때가 되면 혹시나 침투했을지도 모르는 위험을 생각하여 끓는 물에 밥을 넣은 뒤 삶의 진액을 충분히 우려내야 한다. 또한 반찬들도 함부로 방치하면 안 된다. 정수리부분이나 가장자리를 잘 여민 후 뚜껑을 닫지 않으면 수시로 남의 삶에 악취로 끼어들거나 또 자신의 삶마저 엎지를지도 모를 일이다. 그리고 언제든 그들과의 만남이 불편하지 않도록 명찰을 달아 주고 재차 확인할 수 있게 투명한 용기에 담아 생을 바라보는 눈높이에 따라 배열할 것이며 특별히 정이 가는 것은 쉽게 손이 닿을 수 있는 생(生)의 바깥쪽에 두어야 한다. 식사를 하고 나면 꼭 잔반과 반찬들을 챙겨야 한다. 그렇지 않으면 우리네 삶이 성난 종기처럼 곪아 터지거나 시지프스의 돌이 되어 멈출 수 없는 속도로 거꾸로 굴러갈 것이다.

안개 속의 병동

하늘이 침통한 얼굴을 하고 병원 옥상까지 내려와 있었다. 일주일 전 중환자실에 입원한 무연고 1급 장애 뇌졸중 환자가 새벽녘에 가느다란 생명의 끈을 놓아 버렸다. 이 안타까운 죽음을 위해 슬피 울어줄 사람은 아무도 없었다. 안개가 병원 구석구석 사람들을 헤집고 다니며 부음(訃音)을 전했다. 사람들이 유령처럼 안개 속을 헤엄쳐 다녔고 구급차의 사이렌 소리도 간간이 들렸다. 그때마다 피투성이의 응급 환자가 안개 속 병동으로 미끄러져 들어왔다. 병원 곳곳의 현수막이 불안하게 펄럭인다. 안개가 더욱 기승을 부리고 사람들은 마치 열심히 어떤 무언극을 하는 것 같았다.

암컷 은행나무 가로수의 고백

낭군님, 밤새 안녕하셨나요?
어제는 정말 두렵고 슬픈 하루였어요.
옆집 아저씨가 정원사들에게
무참히 뽑히는 걸 보고
눈앞이 캄캄해지지 뭐예요.
제 몸이 부서져 백골이 될지언정
당신을 잃고 싶지 않아요.
한 발짝도 못 움직이는 저를 보고
사람들은 일급 장애인이라 할 테지만
전 행복하답니다.
낮에는 땅 밑을 흐르는
수맥 속에 발을 담그고
밤이면 전화선에 귀를 대고
정겨운 대화를 듣습니다.
가끔 바람이 애정결핍증 아이처럼
제 가슴을 헤적이다 가 버리면
안개가 질투심에 겨워

제 몸을 휘감습니다.

그러나

안개 속에 묻힌 채 저는

당신의 모습에서

잠시도 눈을 떼지 못합니다.

어미

새끼들을 날개 밑에 감추고
머리 위를 맴도는 솔개를 노려본다.
새끼의 체온이 실핏줄까지 전해 오자
어미는 몸을 더욱 부풀려
다시 한 번 공중의 솔개를 경계한다.
초긴장 속에서도 새끼들의 작은 움직임으로
어미는 마냥 행복하다.
솔개가 사라진 뒤
깜박 졸음이 왔다.
졸음과 졸음 사이
바람에 스치우는 수숫대 소리와
먹장구름의 그림자에도 가슴이 쿵쿵 뛴다.

연탄의 추억

기름보일러에 밀리기 전까지는
참 행복했었지.
된장 뚝배기를 달구던 옛 추억에
자꾸만 눈물이 나.

탄광의 막장을 나와
처음으로 빛을 보았을 때
소녀처럼 가슴이 뛰었어.
기차 하역장에서 며칠 묵은 뒤
다시 트럭에 실려 다다른 곳은
을씨년스런 연탄 공장이었지.
아홉 개의 숨구멍이 터져
뉘 집 창고에 배달되었어.
그리고 화덕 속에서 우리의 사랑은 시작되지.
난 함부로 정을 주지 않지만
한 번 불이 붙으면
날카로운 삽으로 내려쳐도

잘 떨어지지 않는 순정파라구.

산동네의 겨울,
가난을 벗고 싶은 이들의 꿈을
데우고 또 데웠어.
내 정열이
절정을 이루는 시간
부챗살처럼 펴지는 그들의 미소를 보며 결심했지.
한 줌의 재로 생을 마감할 때까지
착하디착한 그들의
희망이 되고 싶다고.
전설이 되고 싶다고.

웃고 있어도

하루하루 시간에 떠밀려
흘러가는 것은
가슴이 아픕니다.
어느 날 갑자기 등대 잃은 외항선이 되어
큰 파도를 만나면
어쩔 수 없는 두려움에
내 한 몸 가누지 못했습니다.
기대에 부푼 마음으로
걸음을 옮길 때마다
또 그렇게 안개가 길을
지우고 있었습니다.
그 자리에 서서
사방을 둘러보았습니다.
답답한 마음만큼이나
맥박도 빨리 뜁니다.
지금 웃고 있지만
이 생에서 마지막

숨을 거두는 사람처럼 그렇게
마음이 무겁고 아팠습니다.

유유히 흐르는 강물처럼

시들어 가는 수초와
부서진 돌멩이들을 어루만지며
강물이 흐른다.
물은 넉넉히 깊어서
개구쟁이들이 돌을 던져도
소리 지르거나 얼굴 붉히지 않는다.
세상을 둘러보며
그저 아래로 아래로 흐르다가
바위를 만나면 둘로 갈라지고
산이 엉덩이를 내밀면 빙 돌아서 가다가
신명이 나면 춤사위도 한 판 벌인 후
평화롭고 고요한 바다로 가서
수많은 목숨들을 마음껏 품어 본다.

이방인(異邦人)

부부 싸움 끝에 가끔
등 돌리고 누워 있는
아내가 낯설어집니다.

저녁상에 군침 도는
간고등어 한 마리가
올라 있지 않아도
아내가 낯설어집니다.

진지한 얘기 중에
석간신문을 훑어보며
대답만 응–응거릴 때도
아내가 낯설어집니다.

아침마다 가벼운 키스와 포옹으로
서로를 확인하고
저녁이면 영화를 보며

함께 눈물 흘리게 하소서.
바라보는 눈빛 속에 촉촉이
사랑이 묻어나게 하소서.

정약용

1

유배길*에서도 백성들을 가슴에 품고
씁쓸한 미소 한 다발 도포자락에 넣어
다산 아래 보금자리 초당으로 향하다.
밤이면 울부짖는 바람소리에 귀 기울이고
낮에는 애처로이 바라보는 눈물 같은 흑산도.*

2

신유년*의 땅바닥을 적시던
자유의 붉은 피
한 줌 바람으로 남아
뼛속 외로움을 날려 버린다.
우정이 그리워 나들이하던 동백숲
귀향하는 그 날

※ 유배길: 신유사옥으로 정약용이 강진으로 귀양 가서 19년 만에 풀려남.
※ 흑산도: 정약용의 둘째 형, 정약전이 신유사옥 때 귀양 갔던 곳.
※ 신유년: 신유사옥(천주교 박해사건)이 있던 순조 원년(1801).

자꾸만 돌아보고 싶은

오솔길, 오솔길.

해변 국도를 달리며

여름날 오후의 쏟아지는 잠은 욕심 많은 나를 삼키고, 나를 싣고 해안선 국도를 달리는 자동차를 삼키고, 바닷가에서 외로움을 펄럭이는 조그만 찻집을 삼키고, 찻집의 가슴을 토닥여 주는 파도를 삼키고, 끊임없이 파도를 생산하는 바다를 삼킨다.

물결이 커질수록 골다공증 환자의 골반처럼 무너지는 수평선,

하늘이 수평선을 입에 물고 낮게 엎드린 무더운 오후.

절망, 슬픔, 분노, 외로움 이런 것들이 알몸으로 하나, 둘 바닷속으로 뛰어든다. 잠시 후 그 주검들 사이를 헤치며 풍어(豊漁)의 뱃고동 소리가 고생대로 뻗어있는 잠의 뿌리를 흔든다. 놀란 소라들도 먼 바다를 향해 귀를 쫑긋 세운다.

햇살과의 숨바꼭질

입을 꼭 다물고 시선이 어느 한 곳에 박힌
아이 하나가 방구석에 앉아 있다.
커튼 사이로 새어드는 햇살이 그의 닫힌 마음을 찌른다.
아이가 그 자리를 빠져나오지 못하고 신음 소리를 낸다.
맷돌처럼 뱅뱅 도는 아이의 생(生)을
햇살이 칭칭 감는다.

햇살이 전진해 올 때마다
아이가 조금씩 뒤로 물러난다.

어머니의 밥 먹으라는 소리가
무슨 벌레처럼 스믈스믈
온몸에 달라붙는다.
그러나 아이는 하던 행동을 계속한다.

시간이 흐르고
어머니가 방문을 열었을 때 이미 햇살은

떠나가고 아이 혼자서 우우 짐승 울음소리를 내면서
뒷걸음질로 방 안을 돌고 있다.
어머니도 아이처럼 울음소리를 내면서
방 안을 돌기 시작한다.
식구들이 하나, 둘 모여들어
함께 방 안을 돌고 있다.

아이의 얼굴에 미소가 번지고
서서히 하던 동작을 멈춘다

허공에 뜬 아파트

햇볕이 내리쬔다. 맑은 하늘을 보려는 듯 아파트가 머리 위에 스크루를 돌리면서 땀을 뻘뻘 흘린다. 사람들은 선실 같은 아파트 안에서 뭔가를 하기도 하고, 때로는 베란다 난간에 기대어 지난 추억들을 꺼내어 햇볕에 말리고 있다. 아파트는 마치 먼 길을 달려온 외항선처럼 허공 속을 연신 자맥질하며 실외기를 가동시킨다. 옥상 스크루 옆에 까치 한 마리가 일광욕을 하는지 꼼짝도 않는다. 까치와 스크루와 스카이라이프와 에어컨 실외기와 사람이 한데 범벅이 된다. 파란 하늘이 물감처럼 쏟아져 내려와 똬리를 튼다. 그들의 꿈도 둥지를 튼다.

흐린 날의 갓바위 불상

한때 대구시와 경산시의 치열한 소유권 다툼으로
심기가 불편했을 돌부처의 갓이
더욱 일그러져 보이는 흐린 오후,

염불 소리에 이끌려
안개 속을 헤엄쳐 올라오는
어린 영혼들의 눈은 빛난다.

한 가지 소원은 꼭 들어 준다는 소문 듣고
전국 방방곡곡에서 사람들은 배낭 속에
근심, 소원 하나씩 담아와서
부처님께 풀어놓는다.

기도가 끝나고 함께 모여 앉아
갓부처의 공덕을 얘기할 때마다
그들은 혀를 길게 빼거나
연신 고개를 끄덕인다

부처님에 대한 신뢰가 크면 클수록
그들의 꿈 또한 견고하다.

부처의 모습만 보아도 위안을 얻는 그들은
안개 낀 날 갓바위에 오르고 싶어 한다.
한 치 앞을 볼 수 없는 안개 낀 날일수록 부처님은
더욱 크고 선명한 모습으로 그들에게 다가오기 때문
이다.

흑태콩

밥을 하려고 흑태콩을 물에 불린다.
잠시 후
푹 젖은 아랫도리, 진하게 배어나는 하혈,
너는 아직 건강하고 무척 겸손하구나.
몸을 섞기 위해
목욕재계하고 순결을 증명한
너는
진정 아리따운 여인이다.
전선을 타고 흐르는 정염의 불꽃
온몸을 던져
청춘을 불사르자
담백하고 영양가 있는
한 공기의 밥을 위해
그 밥을 먹고 사는
순수한 영혼들을 위해.

3
부
✓

명상시

집착에 대하여

집착이란, 마음이 한 곳에 껌딱지처럼 달라붙어 있는 것을 말하는데 이는 여러 곳에 두루 마음을 쓰지 못하기 때문이며, 근원적인 이유는 소유욕에서 비롯된다. 우리들은 어떤 대상을 만나면 느낌이 일어나는데 그것을 있는 그대로 알아차리면 마음이 편안하여 해탈이라 하고 반대로 집착을 하게 되면 괴로움을 끝없이 되풀이하면서 흔히 말하는 무간지옥에 떨어진다. 그런고로 우리는 크다-작다, 좋다-싫다와 같은 분별심을 버리고 자유롭고 평화로운 마음으로 세상을 살아가야 할 것이다.

괴로움에 대하여

괴로움은 사람들이 한 평생을 사는 동안 가장 싫어하고 두려워하는 것인데 근본적으로 벗어날 수 없다는 것이 더 큰 괴로움으로 다가온다. 그런데 잠시 이 원인을 살펴보면 결국 불만족과 집착에서 오는 것이라 할 수 있다. 그런 고로 바라는 것이 없으면 괴로움 또한 있을 수 없다. 사람의 생활에서 바람이 없을 수 없겠으나 꼭 필요한 것을 취하되 꼭 된다는 생각도 하지 말고, 절대 안 된다는 생각 역시 하지 말 것이며 항상 담담한 마음(마음이 전체가 되는 것)을 유지할 수 있다면 그 고통에서 벗어날 수 있을 것이다.

▶여기서 마음이 전체가 된다는 것은, 생각으로 인해 마음이 조각나지 않고 하나의 마음이 됨을 말하고 사랑, 명상, 자비심, 순수성을 가질 때의 마음을 가리킴.

나무와 숲

산 속에서는 나무를 볼 수 있으나 멀리서는 숲을 볼 수 있다. 사람들은 복잡한 생각과 조급한 마음 때문에 나무는 보지만 숲을 보지는 못한다. 허나 우리는 숨 막히는 일상을 떠나 계절의 변화를 느끼거나 하늘에 떠 있는 달을 쳐다보는 여유를 가지고 우리의 시야를 넓혀야 할 것이다. 그리하여 우리의 몸과 마음이 전체가 되어야만 고단함이 덜어져 늘 편안하고 의욕이 샘물처럼 솟아 새롭고 즐거운 나날이 될 것이다.

두 스승

마음(청정심)은 안의 스승, 자연은 밖에 있는 스승인데 이것을 아는 사람은 적고 그로부터 배우고 익히려는 사람은 더욱 적다. 사람들은 자신에게 유익한 것을 원하고는 있지만 나무의 뿌리로 가지 않고 실가지 끝에서 아슬아슬하게 하루하루를 보낸다. 왜냐하면 하늘거리는 실가지는 우리의 시선을 끌지만 뿌리는 죽어서 나무가 뽑힐 때까지도 모습을 드러내지 않기 때문이다. 그래서 사는 동안 괴로움을 되풀이하며 마음은 병들고 몸은 사그러 든다. 그러면 고통에서 벗어날 수 있는 방법은 무엇일까?

생각을 멈추고 그냥 물끄러미 대상을 바라보면 있는 그대로를 알게 되므로 모든 근심과 걱정이 사라지게 될 것이다. 그러므로 내 안의 깨끗한 마음과 밖의 대자연에 영원히 심신을 의지해도 좋을 것이다.

모든 것을 마음으로 적시면

모든 감각에는 이미 마음(생각)이 깃들어 있다. 눈에는 안식, 귀에는 이식, 코에는, 비식, 혀에는 설식, 몸에는 신식, 뜻에는 의식이─

그런데 사람들은 보면서, 들으면서, 냄새 맡으면서, 맛보면서, 접촉하면서, 의식하면서, 또 다시 생각을 함으로써 앞의 의식과 뒤의 의식이 충돌하여 마음 안에서 혼란을 일으킨다. 순간 판단이 흐려지면서 머릿속만 복잡해진다. 그리하여 가슴은 답답해지고 더운 기운이 위로 치솟아 어쩔 줄을 모른다. 우리가 시각에만 너무 의존하면 생각이 얕아 현실적인 사람이 되기 쉽고, 또한 청각에만 의존하게 되면 관념적(비현실적)인 사람이 되기 쉽다. 그러므로 우리는 너무 깊이 생각하지 말고 그냥 대상을 물끄러미 바라보는, 곧 관찰하는 습관을 길러야 한다. 그러면 우리 본래의 깨끗한 마음이 모든 대상을 거울처럼 비추어 우리들에게 분명한 정보(지혜)를 제공할 것이다.

시각의 횡포

우리의 감각에는 여러 가지가 있다. 그 가운데 시각이 7, 8할의 기능을 하는 고로 사람들의 마음은 늘 눈 쪽에서 서성거린다. 그리하여 다른 감각의 기능은 상대적으로 떨어지고 이로 인해 많은 사람들이 큰 손해를 보거나 중상 내지 생명을 잃을 때도 있어 우리들의 마음을 너무나 아프게 한다. 특히 현대인들은 모든 에너지가 눈에 집중되어 있어서 시각의 횡포를 고스란히 겪게 되는 것이다. 그러므로 우리는 눈으로 쏠린 에너지를 재분배하여 오감의 기능이 균형을 이루도록 힘써야 할 것이다. 그러면 몸과 마음이 균형을 되찾아 세세생생 좋은 일들만 맞이하게 될 것이다.

음식

음식은 우리의 생명을 지켜 주는 중요한 것이다. 그런데 우리가 알아야 할 것이 또 하나 있다. 음식을 적게 먹으면 마음이 맑아져 행동 또한 도리에 벗어나는 일이 적으나, 늘 지나치게 많이 먹으면 욕심이 마치 안개처럼 뭉게뭉게 일어나 그로 인해 크나큰 낭패를 겪기 쉬우니 그냥 허기를 면하겠다는 마음으로 깊은 맛을 음미하는 것이 좋을 것이다. 그래서 구태여 단식은 하지 않더라도 소식하기를 권장하는 바이다. 그리하면 심신이 솜털처럼 가벼워 마음에 티끌이 일지 않을 것이며 늘 밝고 겸손하며 긍정적인 삶을 살 수 있을 것이다. 또한 세상은 살만한 곳이 될 것이다.

흩어지는 마음, 굳은 마음

　사람의 마음은 참으로 묘하다. 어떤 때는 쟁반 위의 산 낙지처럼 사방으로 흩어지기도 하고 또 어떤 때는 길바닥에 견고히 붙어있는 껌딱지처럼 꼼짝도 않는다. 마음이 조급하거나, 몸을 지나치게 흔들면 정신이 흩어지고, 한 생각에 너무 몰두하거나 의심, 경계하는 마음이 크면 자신을 지키고 방어하는 일에 집중이 되어 결국 자폐증상에 빠지게 된다. 그래서 우리는 여유로운 마음과 부드러운 몸놀림으로 몸과 마음의 균형을 유지하는 일이 중요하다. 그러면 오래오래 행복한 생활을 할 수 있을 것이다.

개

　'개'라는 접두사를 통해 잠시 우리 국민성을 살펴보자. 모두가 알고 있듯이 '개'라는 짐승은 참 충직한 동물이다. 한 번 주인에게 정을 주면 주인이 먼저 버려도 절대 배신하지 않는다. 그런데 사람들은 일상생활 속에서 '개자식' '개살구'와 같이 수시로 어떤 말 앞에 개라는 말을 붙여서 개의 존재를 사정없이 추락시킨다. 뿐만 아니라, 사람들은 자신들이 필요할 때 개를 키우다가 어떤 이유로 외딴 섬이나 보신탕집에 조금도 거리낌 없이 팽개쳐 버리는 잔인한 행동을 하기도 한다. 이것은 모든 생명의 위에 인간이 있다는 이기주의의 극단적인 면을 보여 주는 것이므로 변명할 여지가 없는 정말 부끄러운 일이다. 그러므로 우리는 모든 사람과 사물에 대하여 늘 평등한 마음을 가져야 할 것이다. 그러면 마음속에 진정한 사랑과 평화가 넘쳐흐를 것이다.

구름과 해

편의상 마음을 '해'라 하고 욕심을 구름에 비유한다고 할 때, 우리는 가끔 구름이 해를 가려 맑고 밝던 마음에 빛이 사라져 욕심만이 이글거리는 것을 느낄 때가 있을 것이다. 그리고 끝내 크게 물질적 손해를 입거나 충격적인 사건을 겪기도 하는데 그러한 때에도 결코 상처를 받거나 절망하는 일이 절대 있어서는 안 된다. 왜냐하면 구름이 해를 가리나 그것은 다만 잠시 동안 일어나는 것이므로 열차가 어두운 터널을 빠져나갈 때처럼 조금만 참을 일이다. 그리되면 처음처럼, 우리들에게 아무 일도 일어나지 않은 것과 똑같은 경우가 되지 않겠는가! 하여 우리는 욕심이 일어났을 때 성급하게 행동하지 말고 물거품이 일어났다가 사라지는 것을 바라보듯이 욕심이 일고 사라지는 과정을 조용히 지켜보아야 한다. 그러면 청정한 마음이 곧 햇살처럼 나타날 것이다.

당신이 날 영원케 하셨으니

태어나서 오랜 동안 고삐 풀린 망아지처럼 행동했으므로 아버지는 내게 끊임없이 고통을 주셨다. 그래서 아무리 멀리 떨어져 있어도 무서운 그 모습은 문득 문득 내 마음속에 떠오르곤 했었다. 그래서 어떤 일도 혼자서 해내지 못하고 두려움에 늘 사시나무 떨듯 하여 자신을 지탱할 수 없음은 물론 불면의 밤을 보낼 때도 많았다. 때론 죽음의 문턱을 넘나들며 세상을 포기하고도 싶었다. 이러한 때 나를 수렁에서 건져 올린 것이 명상을 통한 진리의 말씀이었다. 결국 아버지로부터 받은 고통으로 인해 진리에로 한 발 가까이 간 것이므로 아버지는 두 번이나 날 태어나게 하셨고 불안, 두려움을 씻어 주신 셈이다.

두려움에 대하여

두려움은 사람들이 무척 싫어하는 감정으로 우리의 몸과 마음을 불붙는 가랑잎처럼 오그라들게 하고 순식간에 생각과 감정을 마비시킨다. 이것이 오랜 시간 지속되면 정신적으로 이상증세를 일으키고 육체의 기능도 바닥으로 떨어진다. 그러나 조금도 걱정할 일이 아니다. 왜냐하면 모든 것은 물거품과 같이 일어났다가 금방 사라지기 때문이다. 그런데 사람들은 일어난 것만 기억하고 그 상태가 지속되고 있는 것으로 착각하고 있을 뿐이다. 다만 사라지는 시간은 다를지언정 사라진다는 사실만은 진리인 것이다. 마치 사람이 태어났다가 죽는 것처럼. 그러므로 두려움이 생겼을 때 당황하거나 피하려고 애쓰지 말라. 그냥 그것이 사라지는 과정을 물끄러미 바라보고 있으면 두려워했었다는 사실조차 까맣게 잊을 것이다.

번뇌의 소멸은 어떻게 하나

우리가 흔히 말하는 번뇌란, 탐욕과 분노와 어리석음을 말한다. 그런데 묘한 것은 번뇌가 일어나는 순간 마음이 칠흑같이 어두워지고 그 상태에서 하고 싶다는 마음과 그것을 꼭 해야지 하는 마음이 대부분 사람들의 마음에 뭉게구름처럼 생겨난다. 그런데 이것을 참을 수 있는 사람들이 거의 없을 터인데 그렇게 되면 그때부터 사람들은 괴로움에 빠져 고통을 겪는다. 그럼 어떻게 해야 그것을 모면할 수 있는가!

번뇌가 일어나고 있을 때 그것을 계속 물끄러미 바라보면서, '아! 지금 이 순간 내가 무엇을 몹시 하고 싶어 하는구나' 느끼면서 조금만 기다리면 번뇌는 연기나 물거품처럼 흔적도 없이 사라지고 말 것이다. 왜냐하면 몰라서(어둠) 욕망과 집착이 생기는 것이므로 그 순간의 자기 마음을 알아차리면 호기심(관심)이 사라지면서 함정의 위기에서 벗어날 수 있는 것이다. 그러므로 우리는 우리에게 위대한 힘(참마음)이 있다는 믿음을 절대 저버리지 말아야 할 것이다. 그러면, 우리를 괴롭히는 욕심,

두려움, 증오 같은 마구니들로부터 항상 자유로워질 것
이다.

신토불이

신토불이란, 땅(흙)이나, 땅에서 나는 모든 것과 우리
의 몸은 결코 둘이 아니라는 말인데 뜻을 아는 사람은
많지만 진정한 의미를 음미하고 실천에 옮기는 사람은
많지 않다. 기름진 음식과 가공된 것들을 과식하여 혈관
을 좁게 만들어 많지 않은 나이에 성인병으로 괴로움을
겪으니 딱하기 이를 데 없다. 담백한 음식은 담백한 몸과
맑은 마음을 만들고 탁하고 기름진 음식은 탁한 몸과
욕심이 들끓는 마음을 만드나니, 그런고로 우리는 담백
한 음식을 적게 섭취하여 건강하고 활기 있는 삶을 살아
야 할 것이다. 그러면 죽는 날까지 건강하게 살다가 큰
고통 없이 생을 마감할 수 있을 것이다.

진정한 가르침

사람들은 문제 있는 아이들을 지도할 때 어려움을 겪는 경우가 많다. 온갖 방법을 다 동원해도 해결이 되지 않으면 쉽게 포기하거나 극단적인 선택을 하게 되는데 결코 그리 해서는 안 된다. 예를 들어 유도 선수가 상대에게 기술을 걸어 넘어뜨릴 경우 이리 저리 흔들어 중심을 공중으로 띄운 후 목적을 달성하는 것처럼, 아이의 발을 씻겨 주거나 강하게 감동 받을 만한 칭찬과 배려를 한 뒤 아주 부드럽고 가벼운 말로 조근조근하게 속삭이면 더위에 엿가락 휘어지듯 이쪽으로 기울어질 것이다. 그러므로 사람을 가르칠 때에는 배려하는 마음으로 상대방의 마음의 문을 열게 하는 것이 무엇보다 중요한 일이 될 것이다. 그리하면 가르치는 사람과 배우는 사람 사이에 두터운 신뢰가 생겨 함께하면 할수록 더욱 즐겁고 생기가 넘칠 것이다.

관계

사람들은 태어나서 죽을 때까지 자기 이외의 다른 사람들과 관계를 맺고 살아간다.

부모, 형제, 친구, 직장 상사 등…. 그런데 이것은 마치 등반용 로프와 같아 세심히 살피고 관리하지 않으면 끊어져 결국 천 길 낭떠러지로 추락하고 만다. 이러한데도 사람들은 미리 점검하지 않고 낭패를 겪은 후에야 비로소 자신의 잘못을 깨닫는다.

그러나 무너진 관계를 다시 회복하고자 하는 것은 일그러진 모래성을 보듬어 올리는 것 같아 오래도록 한숨과 수고로움만 더해질 뿐이다. 그러므로 우리들은 좋은 관계를 유지하기 위하여 언제나 관심을 가지고 매사를 살필 일이다.

긍지

이 세상에서 쓸모없는 것은 아무 것도 없다. 지금 당장은 보잘 것 없고 쓸모없이 보이나 어느 때가 되면 정말 유용한 물건이 된다. 사람 또한 이와 같으므로 어떤 경우에도 열등감을 가지거나 좌절하지 말고 모름지기 자부심과 긍지를 가져야 한다. 그러면 매일매일이 즐겁고 새로운 마음으로 새날을 맞이하면서 살 수 있을 것이다.

대자유

　사람들은 누구나 자유를 소망한다. 특히 대자유란, 완전한 자유를 말하는데 곧 남으로부터도 자유롭고 또한 자신에게서도 자유로운 것을 말한다. 다른 사람은 만나지 않으면 그로부터 자유로울 수 있지만 자신에게서 자유롭기란 결코 쉬운 일이 아니다. 왜냐하면 시시때때로 일어나는 욕망, 분노, 어리석음 때문이다. 그러므로 눈앞에 있는 모든 것은 나의 소유가 아니라 살아있는 동안 잠시 빌려 온 것이라 여겨야 하며 항상 버리는 미덕을 쌓아야 할 것이다. 그러면 그물에 걸리지 않는 바람처럼, 푸른 초원을 뛰노는 사슴처럼 영원토록 절대적인 자유를 누릴 것이다.

모든 것은 욕심 때문에

진리의 말씀에 사람들은 탐욕으로 늙고, 분노로 병들며, 어리석음 때문에 결국 죽음을 면치 못한다고 했다. 욕심이 많으면 그것을 채우기 위해 몸을 혹사하여 빨리 늙을 것이고, 분노하면 화기(뜨거운 나쁜 기운)가 머리로 올라가 온몸을 무기력하게 만드는데 그 시간이 너무 길어지면 사람을 병들게 할 것이며, 절대로 해서는 안 되는 위험한 일을 단순한 호기심 때문에 행하여 무모한 죽음을 맞는 경우를 종종 볼 수 있다. 그런데 분노나, 어리석음도 따지고 보면 욕심 때문에 생겨난 일일 것이니 결국 욕심이란 놈 하나 경계하는 일에 온 힘을 기울일 일이다. 그러면 우리들에게 늘 웃음과 생동감이 넘칠 것이다.

▶여기서 욕심을 경계한다는 것은 탐내는 마음이 일어날 때 그것을 누르거나 없애려고 하지 말고 조용히 지켜보는 것을 말함.

사랑에 대하여

　사랑이란 순간적으로 일어나는 감정이나 본능이 아니라, 현실 속에서 상대방이나 다른 사람의 마음을 잘 헤아리는 일일 것이다. 왜냐하면 거울 속에 비친 자기의 모습처럼 그들은 자신과 똑같은 말과 행동을 따라할 것이기 때문이다. 그러므로 우리는 남을 관찰하는 것 대신, 자신을 관찰하고, 특히 속내를 밝히는 말은 극히 신중해야 할 것이며 될 수 있는 대로 말하려고 애쓰기 보다는 듣는 일에 힘써야 하고 침묵 속에서 늘 바른 행동으로 실천해야 할 것이다. 그러면 서로를 존중하는 마음이 생겨 새록새록 사랑이 싹틀 것이다.

어떤 아이

어떤 아이가 징검다리를 건너면서
자기가 살던 산 속의 작은 마을을 뒤돌아본다.
옷깃을 여미며 사뭇 눈시울도 붉어진다.
가정형편이 어려워
초등학교를 겨우 마치고 돈벌이를 하러
한 치 앞을 알 수 없는 미지의 세상으로
떠나는 것이다.
짧은 학력으로 할 수 있는 일은
별로 없다는 걸 알지만
그래도 떠나야만 한다는 걸 안다.
고향을 떠나는 아쉬움도 크지만
세상에 대한 두려움은 더욱 크다.
그래서 아이는 가다가 서고 섰다가 또다시 걷고
고향 산천을 온몸으로 느끼며 애틋하게 멀어져 간다.
모든 사람들은 두려움에 대한 공포가
너무나도 크지만 결코 두려워하지 않아도 된다.
왜 그러냐 하면 우리의 몸은 현재를 충실히 살면 되므

로 지나간 과거에도 매달리지 말고 오지 않은 미래를 걱정하지도 말 것이며 오직 현재 자신의 상태를 알기만 하면 되는 것이다. 인간의 모든 괴로움은 모르면서 하고 싶다는 마음 때문에 생긴 것이므로 알기만 하면 그 순간 집착이 사라지는 것이다. 그러면 마음에 구름 이 걷히면 서 자유와 평화를 느낄 것이다. 우리는 이러 한 순간을 일러 행복이라고 하지 않는가!

타이밍에 대하여

우리는 태어나면서부터 줄곧 시간 속에서 살다가 죽음을 맞는다. 시간은 어떤 것에도 간섭받지 않고 한쪽 방향으로 유유히 흘러간다. 살펴보면 모든 사물과 사람의 마음속에 리듬이 깃들어 있다. 그래서 타이밍을 잘 맞추면 긍정적인 일이 일어나지만 그것을 놓치면 재앙, 손실, 고통 등 부정적인 일들이 꼬리를 물고 생겨난다. 그러므로 우리는 시간의 중요성을 인식하고 그에 대해 소홀함이 없어야 할 것이다. 그러면 매 순간마다 신선한 즐거움이 끊임없이 일어날 것이다.

이편과 저편을 조망하는 관찰자

이상규(시인, 경북대 교수)

　우리 시대 문학인들의 풍경화를 들여다 보자. 『장자』 「잡편」에 "허위를 꾸미고 시로서 남의 무덤을 파고 구슬을 빼낸다"는 말처럼 문사를 앞장 세워 파당을 짓고 현실의 사달을 거칠게 씹어야 시인이라는 명예로운 명줄이 모가지에 걸린다고 생각하는 이들이 얼마나 많은가. 온갖 문사 동호회를 결사하여 현실의 파고는 외면한 문사 집단은 '향원(鄕園)'을 미덕으로 두루뭉술하게 쓴 서정이라는 이름 모를 항구에 정박해 있는 시나 시인들 또한 얼마나 많은가? 그런가 하면 민족 통일과 허망한 세상 뒤집는 기세로 까칠하게 언어를 혹사하며, 남의 무덤을 파서 구슬을 빼내는 수단으로 날이 선 외침으로 쓴 시들이 여기, 저기에서 퍼들거리고 있다.

이기와 물질에 만연된 이 시대의 역병에 걸린 자신의 모습을 제대로 성찰하지 못하는 예술 만능의 허위 속에 빠져있는지도 눈치도 채지 못하는 질탕한 이 시대에 시인들이나 시가 과연 무슨 역할을 할 수 있을 것인가?

이 나라에 의사소통의 굴절과 폭력 수위는 이미 도를 넘어서서 반사회적인 싹으로 무럭무럭 자라나고 있지만 시를 통해 구원을 받았다는 사람은 어디에서고 찾아볼 길이 없다. 예술이 사회를 인도하지 못한다면 최소한 작가 스스로 통제하고 절제하는 미덕이 절실하게 필요한 시대이다.

이 시집의 주인공인 시인 장재덕은 수신의 문의도(文以道)에 이르려는 수도사 같은 모습을 그의 시편의 행간에서 읽어내기란 어렵지 않다.

장재덕 시인은 그렇다고 심산에서 수도를 하는 수도 승이 아니다. 어느 날 교직에서 내려서서 아내가 출근한 빈집을 하루 종일 지키며, 시간이 허락하면 혼자서 도시의 뒷골목을 유람하는 낭인 같은 삶을 살고 있다. 장재덕 시인. 그의 소속처는 현재 가정을 제외하고는 아무 데도 없다. 아예 문단이라든지 문학모임 같은 데는 얼씬도 하지 않는 대신, 마을 주변 전봇대 가로등에 의지하여 고기 풀빵을 굽는 이웃사람의 삶에 자신의 시각과 청각을 걸쳐 보거나 도심 뒷골목에서 스쳐 가는 이들에게 다리를 걸어 보면서 그들의 내면의 소릴 엿듣는다.

정신적으로 빈곤한 사회는 이념이나 물질의 힘만으로도 결코 인간성의 문제를 해결할 수 없다. 스스로의 절제와 수신의 절도를 지키며 살아가는 그의 잔잔한 목소리, 사회를 탐색한 결과를 시라는 이름으로 생산해 낸 그의 시 행간 속을 자세하게 살펴 볼 필요가 있다. 이 사회에 앙금처럼 남아 있는 갈등과 고뇌와 분노들을 함께 보듬으며 그는 깊은 명상에 잠겨 있다. 그는 실타래처럼 엉켜 있는 사회적, 이념적 분열이나 모순 따위는 안중에도 없다. 대신 빳빳한 낚싯대를 이 도시의 언저리에 드리워 시간의 풍화 속에 펼쳐져 있는 이편과 저편의 살아가는 일상의 사람을 바라보며 스스로의 몸을 다스리고 있다. 그가 조심스럽게 다가서려는 세계는 스스로 몸과 사유가 충돌하지 않는 순수한 진공을 만드는 데 있는 듯하다. 이 시대 문화예술인이 유심히 관찰해야 할 거룩함이 이러한 태도와 장 시인의 실천적 글귀 속에 있다. 아내가 출근한 뒤 한낮이 되면 살고 있는 집 주위의 시가지를 걷다가 되돌아온 각진 골방에서 글을 쓴다. 컴퓨터 자판기로 찍어진 글자의 소리에 귀를 기울여 보자.

이편과 저편의 관조자

제1부 '나는 배후 인물이 되고 싶다'에서는 24편의 시를 싣고 있다. 제1부에서는 몸의 시편이다. 몸과 생각, 여중학생과 그의 생각, 꽃과 그 비존재, 분재의 통제 밖과 안, 빛과 그 바깥 등 이편과 저편 그 사이를 관조하고 있다. 생각은 천 리를 달려가지만 몸은 여기에 그대로서 있다. 이 거리가 멀어진다는 것은 나이가 점점 깊어지기 때문에 이편과 저편의 거리는 자꾸 멀어지게 된다.

우연히 바라본 어느 집 분재,
거기서 나무의 서러운 아픔을 본다.
들녘에서 비바람 맞으며
하늘을 닮고 싶었던 왜소한 너
답답한 아파트의 공간에서
그들에게 어떤 기쁨을 주려 하느냐.
나는 가끔 우울하다.
항상 자신의 가까이에 붙잡아 두고
기형적인 아름다움을 즐기려는

우리 인간 모두의 실체를

엿볼 수 있기 때문이다.

—「분재」 전문

분재는 인간의 이기심으로 자연을 인간의 기술로 통제한 결실이다. 한낮 아내가 출근하고 없는 빈집을 지키다 마을 한 바퀴를 돌고 오면서 어느 집 2층 베란다에 철사에 굽혀진 분재를 보며 우울해 하듯 어둠과 밝음의 경계에서 어둠을 지우며 세상을 물상을 풀어놓는 새벽의 햇살을 맞이한다.

장재덕의 시어 가운데 '어떤'이라는 부정칭이 곳곳에 출현한다. 부정칭은 장재덕 시인이 세상의 사물과 그만큼의 거리로 둔 채 다만 '나는 배후 인물이 되고 싶다'와 같이 모든 사물을 관찰 대상으로만 여기기 때문이다. 그는 매우 순결하다. 그렇기 때문에 「어떤 하루」에서는 "이태리타월은 그의 가장 빛나는 무기"가 될 수밖에 없다. 지겨운 가난을 그리고 때를, 빈곤했던 추억을 털어내는 도구이다. 꿈속에서도 손님을 받으며, 지쳐 몸살 앓는 때밀이꾼의 내면을 읽어 낸다. 그렇게 때를 털어낼 수 있다면 얼마나 좋을까. 그러나 그는 그렇게 믿고 싶어 하는 순수한 시인이다.

그 어떤 이의 가슴속에 한겨울에도 꺼지지 않는 작은 불씨를 가벼운 아내의 입맞춤의 기쁨처럼 여항의 사람에 대한 애정으로 이어져 있다.

현재 소속이 없는 그는 외롭다. 그의 외로움을 위무해 주는 것은 주변 세상뿐이다. 그러니까 자연의 시간 변화에 매우 민감하다. 그만큼 자신 생애의 시간도 많이 닳았기 때문일까?

시간은 언 땅에서 봄꽃을 밀어올리고
벌, 나비를 유인하여 종족을 퍼뜨린다.
또, 가을엔 뿌리를 위하여 잎을 떨어뜨린다.

시간은 게으른 사람의 입 속에 들어가
충치를 만들고 오래도록 둥지를 틀고 앉아
이빨의 뿌리까지 흔든다.

시간은 길을 무너뜨리고
길 아닌 것도 무너뜨리고
길 위의 것들이 길과 함께 무너지고
길 아닌 것으로 새 길을 만든다.
시간은 뒤돌아보지 않으며

늘 알몸으로만 다녀

절대로 그물에 걸리지 않는다.

―「절대자」 전문

　「절대자」라는 대단한 영예로 받아드리는 그는 시간
의 흐름을 허무나 혹은 연로해져 가는 자신에게 연결
짓지 않고 시간의 속성을 "시간은 게으른 사람의 입 속
에 들어가 / 충치를 만들고 오래도록 둥지를 틀고 앉아
/ 이빨의 뿌리까지 흔든다"는 이편과 저편의 거리를 재
고 있다. 이 세상 그 누구도 비켜 설 수 없는 생명의
시간을 앗아가는 그 무엇을 "시간은 뒤돌아보지 않으며
/ 늘 알몸으로만 다녀 / 절대로 그물에 걸리지 않는다"
라고 이야기 하고 있다. 일상의 사람들 눈에는 보이지
않는 그물에 걸리지 않는 시간을 그는 지켜보며 그 정체
를 뚜렷하게 드러내고 있다. 그러면서 그는 세상을 관조
하며 자신을 다스리고 있다.

　그것은 바로 장 시인이 일으켜 세우고자 하는 문이도
(文以道)의 글쓰는 이의 때 묻지 않은 곧은 정신을 뜻한
다. 곧 시를 통해 자신에게 매서운 채찍질을 하고 있는
것이다. 그에게 시는 결코 사치스러운 장식이 아니다.
닭과 계란 사이와 같은 과거와 미래를 낯설음과 익숙함

사이에서 벌어지는 가역반응으로 시로 꾸며내고 있다.

시인의 시각은 저편인데 저편의 사물을 이편으로 되돌리는 가역반응을 실험하고 있는 「감각 길들이기」에서 "시각은 야금야금 해안의 흙벽을 갉아먹는 파도처럼 청각 기능을 잠식해 버렸다." 그래서 "상대방의 눈을 보면서 이야기를 들을 때 상대방이 무슨 말을 했는지 모를 때가 많았다"는 혼란스러움을 겪으며 정신병원을 찾아가도 병인을 알 수 없다. 장 시인은 그 병인을 오랜 방황 끝에 스스로 찾아냈었다. "무심히 바라보는 붓다의 눈매"처럼 사물을 접하는 에너지를 청각 쪽으로 이동시켰지만 역시 쏠림 현상이 일어나 균형이 깨어지는 것을 보게 된 것이다. 결국 이쪽에도 저쪽에도 관계하지 않는다. 사물의 배후자로서 사물을 있는 그대로 무심하게 바라봄으로서 세속과 욕망을 씻어낼 수 있기 때문이다. 사물의 조영물이 거울 앞에 서 있다. 거울에 비친 자신의 모습이나 세상의 사물 모두 미러 이미지(mirror image)인 곧 본질과 전혀 다른 형상체라는 사실을 터득한 것이다.

그래서 그는 낙원과 시궁창, 게으름과 성실함, 진한 손금과 닳아 없어진 지문과 같은 시간의 경계에서 빚어지는 혼란함에 지친 여느 가정주부의 마음으로 변신도 해 본다. 「내가 누구지?」에서는 학교 급식을 하기 전에는 아침 일찍 두 개 이상의 도시락을 싸고, 남편 출근까지 시키고 나면 병든 시어머니가 기다리고 있단다. 자식의 숙제를 대신하고, 아이를 위해 같이 과외도 받고 남편에게 끝없이 수발을 하다 보면 나는 텅 빈 껍질이 되어 허우적거리지. 생각해 보니 이건 아니야. 가끔은 궤도를 벗어나는 열차가 되고 싶어. 잘못된 길은 빨리 벗어나서 진정한 자유를 누리고 싶어.

—「내가 누구지?」 부분

일탈을, 일상의 탈출을 그러다가 엇나갈 수도 있는 평범한 일상의 가정주부의 희망이나 갈등도 모두 시간이 지나면 수증기와 같이 흩어져 버리는 것임을 알고 있다.

직장 동료 몇이서
곱창 전골로 이름난 식당을 찾았다.
아주머니가 손수 수놓은
방석 깔고 앉아
물수건으로 오늘 하루를 닦아낸다.
시간이 흐를수록 늘어나는 술잔 속에
깊은 한숨을 쏟아내며 우리는

까다로운 직장 상사와 살쾡이 같은 아내와

뻔뻔한 정치인들을 차례로 도마 위에 올린다.

아주머니는 우리가 뱉어 낸

원망과 음모를 난도질한 뒤

매캐한 질책을 곁들여

끓는 국물 속으로 던져 넣는다.

순간, 곱창처럼 질기고 구린내 나는 하루가

하얗게 수증기로 피어오른다.

머지않아 우리는 다시 식당을 찾을 것이다.

곱창 전골 같은 하루하루를

철저히 담금질하기 위하여.

─「곱창 전골」 전문

「곱창 전골」이라는 시에서 까다로운 상사에게 시달리는 일상의 사람이나 살쾡이 같은 아내에게 닦달당하는 사내들의 삶의 고뇌를 끓는 국물 속으로 던져 넣어 하얀 수증기로 증발시키고 있다. 그렇게 해야만 후련하다. 퇴직한 시인 장재덕은 말수가 지극히 적은 사람이다. 세상을 향한 특히 정치 이야기를 질근질근 씹는 여항의 사람도 아니다. 그러나 그의 시에서는 이편과 저편에 대한 구분이 매우 명료하다. 이편과 저편이란 편가르기

식의 술어가 아니다. 최근 이념적 이분법이나 정치적 이분법이 아닌 삶의 옳음과 그름이라는 수도사의 판단법이다. 그래서 장 시인의 일상 삶은 그의 시 작품처럼 깨끗하다.

미러 이미지(mirror image)

제2부 '산 낙지의 슬픔'에서는 이편과 저편의 시각이 여항의 일상 사람들이나 심지어 '흑태콩'에 이르기까지 사람과 물상에게로 쏠린다. 「붕어빵 굽는 여자」, 「소망 양로원」, 「연탄의 추억」, 「흐린 날의 갓바위 불상」에서처럼 이편과 저편을 바라보는 관찰은 내밀한 시각을 통해서 이루어진다. 그러나 역시 장 시인은 그 어느 쪽에 휩쓸리지 않고 가운데에 서서 그들을 관찰하고 있다. 그는 거울이다. 역상의 거울 이미지를, 시를 통해 투사하고 있다.

장재덕 시인에게 '아버지'라는 이미지는 역상으로는 두려움이라는 무의식의 존재로 그의 내면을 지배하고 있다. 아마도 장 시인이 유년기 때에 교육자였던 아버지의 엄격함으로부터 형성되었던 두려움(phobia)일 수도 있다. 시간의 흐름으로 그의 유년기 시절에 형성되었던 두려움은 새로운 시각의 창을 열어 내고 있다.

제2부에 시적 소재로 등장하는 인물이나 사물 역시 제1부와 마찬가지로 이편과 저편으로 구분된다. 내가 이편이라면 붕어빵을 굽는 여자가 저편이 되고 또 산낙지나 새나 나무, 흑태콩 모두가 저편이 된다. 그러면 이편인 시인 장재덕은 무엇인가? 바로 가역 영상으로서 그가 원하는 따뜻함, 긍정적인 사물 본래의 근원으로서의 대상이 되고 있는 것이다. 마치 연극 무대의 감독처럼 무대에서 연기하는 사람과 사물들을 꼼꼼히 관찰하고 그들의 내밀한 소리를 그의 시를 통해 전달해 주려고 노력하고 있다.

서리가 내릴 때쯤 거둬들이는 콩, 서리태
너는 이름처럼 꿈도 야무지구나.
흰 쌀과 몸을 섞기 전엔 어김없이 하혈을 한다.
생명력 넘치는 건강함을 보고서야
난 너를 기꺼이 쌀에게로 보낸다.
너는 사람들의 몸속으로 들어가
투명한 모세혈관을 따라 돌고 돌다가
삶에 지친 사람들의 영혼까지 적신다.
남을 사랑하자, 남을 사랑하자는 소리가
계시처럼 귓전을 울릴 때면

또 너는 피곤한 몸을 이끌고 어디론가 달려가

꺼져 가는 한 생명에 또다시 불을 붙이겠지.

—「서리태」 전문

「서리태」에서는 소름이 돋는 번쩍거리는 비유가 있
다. 이슬 맞은 뒤에 거두어들이는 서리태, 딱딱하게 여
문 콩이 밥솥에 들어가 하혈을 하고 사람들의 몸속에
들어가서는 몸속 모세혈관을 타고 돌며 지친 사람의 영
혼까지 적셔준다. 꺼져 가는 생명에 불을 당겨주는 긍정,
그는 이처럼 세상을 부정하게 보지 않는다는 말이다.
남북통일을 외치거나 서정이라는 이름을 앞세우고 질
탕한 세상을 향해 삿대질을 하는 시인 무리들과는 전혀
다른 정신이 올곧은 살아 있는 선비 시인이다. 사물을
관찰하는 냉혹한 시간의 여유, 방황해야만 하는 내면의
외로움이 사물을 이처럼 정밀하게 들여다보도록 만든
것이다.

겨울, 인도(人道)의 시멘전봇대에

한 생애를 동여맨 여자가

붕어빵을 굽고 있다.

그녀는 마술사처럼
단팥 미끼로 수백 마리의
붕어를 낚아 올린다.

따뜻할수록 싱싱한 붕어는
자신의 체온을 사람들에게
나누어 준 후 죽어 간다.

자신이 죽고 한 가족의 생(生)을
건져 올리는 붕어빵.

그녀는 한기(寒氣)를 참으며
밤이 깊도록
신앙 같은 붕어빵을 굽고 있다
　　　　　　　　　— 「붕어빵을 굽는 여자」 전문

　「붕어빵을 굽는 여자」에서는 장 시인의 수사적 언어
를 거침없이 내뱉는다. "겨울, 인도(人道)의 시멘전봇대
에 / 한 생애를 동여맨 여자가 / 붕어빵을 굽고 있다"처
럼 가로등에 의지하면서 밤늦도록 삶과 씨름하는, 붕어
빵 굽는 여자에게 시선을 이끌어 간다.

마술사처럼 단팥 미끼로 수백 마리의 붕어를 낚아 올리는 여자, 이 세상 사람들이 그냥 무심히 지나쳐 버리는 우리의 가난한 이웃에게 엄청난 사랑을 호소하고 있지 않는가?

시는 주술이다. 상처 받은 이에게 위무를, 가난한 이웃에게 온정을, 죽어 가는 이에게 구원을, 약한 이웃에게 부축해 줄 수 있는 주술이다. 적어도 시가 존재해야 할 이유를 시인 장재덕은 당당하게 이야기하고 있다. 시인 장재덕이 이 시대적 공간 속에 존재하고 있는 떳떳하고 당당함을 볼 수 있다.

"자신이 죽고 한 가족의 생을 / 건져 올리는 붕어빵. // 그녀는 한기(寒氣)를 참으며 / 밤이 깊도록 / 신앙 같은 붕어빵을 굽고 있다"에서 붕어빵을 구워 파는 이웃을 신앙인의 눈길로 바라다보고 있다. 그래서 그는 폭포수가 되어 시들해져 가는 자신의 마음을 흔들어 깨우는 「소망」을 노래하기도 하고, 시골 산자락에 있는 「소망양로원」을 들러 어둠이 내리꽂히는 레스토랑에서 우울과 슬픔을 '한 떨기 아름다운 들꽃으로' 피어나기를 기도하고 있다.

기름보일러에 밀리기 전까지는

참 행복했었지.
된장 뚝배기를 달구던 옛 추억에
자꾸만 눈물이 나.

탄광의 막장을 나와
처음으로 빛을 보았을 때
소녀처럼 가슴이 뛰었어.
기차 하역장에서 며칠 묵은 뒤
다시 트럭에 실려 다다른 곳은
을씨년스런 연탄 공장이었지.
아홉 개의 숨구멍이 터져
뉘 집 창고에 배달되었어.
그리고 화덕 속에서 우리의 사랑은 시작되지.
난 함부로 정을 주지 않지만
한 번 불이 붙으면
날카로운 삽으로 내려쳐도
잘 떨어지지 않는 순정파라구.

산동네의 겨울,
가난을 벗고 싶은 이들의 꿈을
데우고 또 데웠어.

내 정열이

절정을 이루는 시간

부챗살처럼 펴지는 그들의 미소를 보며 결심했지.

한 줌의 재로 생을 마감할 때까지

착하디착한 그들의

희망이 되고 싶다고.

전설이 되고 싶다고.

— 「연탄의 추억」 전문

「연탄의 추억」에서 역시 이편과 저편의 사이를 잇는 삶의 고통과 여항인이 경험해야 하는 절박한 현실의 희망을 전달하기를 그는 바라고 있다.

시인 장재덕의 시선은 늘 가난하고 삶에 쫓기는 변두리 도시민에 머물고 있다. 도대체 그는 무엇 때문에 그럴까? 아홉 개의 숨구멍을 틔어 가난한 이웃을 따스하게 덥혀 주는 훈기가 「흑태콩」처럼 정열로 변신하고 있다.

밥을 하려고 흑태콩을 물에 불린다.

잠시 후

푹 젖은 아랫도리, 진하게 배어나는 하혈,

너는 아직 건강하고 무척 겸손하구나.

몸을 섞기 위해

목욕재계하고 순결을 증명한

너는

진정 아리따운 여인이다.

전선을 타고 흐르는 정염의 불꽃

온몸을 던져

청춘을 불사르자

담백하고 영양가 있는

한 공기의 밥을 위해

그 밥을 먹고 사는

순수한 영혼들을 위해.

— 「흑태콩」 전문

　장재덕 시인은 「흑태콩」에서처럼 여항의 어려운 이웃들. 사람의 눈에 무관심하게 던져진 사물을 "담백하고 영양가 있는 / 한 공기의 밥을 위해 / 그 밥을 먹고 사는 / 순수한 영혼들을 위해"에서처럼 순정의 마음으로 바라보는 로망을 가진 한 가정의 가장이라는 소속을 제외하고는 아무 걸림이 없는 자유 시인이다. 순수한 영혼을 찾을 수 없다는 낌새를 알고 있지만 그 길을 홀로 고즈넉이 걸을 때 그는 가장 행복해 하고 있다.

아직 직장을 가진 아내를 출근시키고 집안 정리를 한 뒤, 그는 이 도시의 후미진, 여관이 즐비하게 들어선 골목을, 시장길을 발길 닫는 대로 걷는다. 부닥치는 사람과 사물은 은유가 되어 한 켜 한 켜 쌓인다. 아마 앞으로도 이런 전경화된 시들이 이어져 나올 것으로 보인다.

제3부에서는 '명상시' 22편이다. 그 가운데 「당신이 날 영원케 하셨으니」는, 장재덕 시인의 구도적 시 정신을 잘 드러내 보여 준다.

태어나서 오랫동안 고삐 풀린 망아지처럼 행동했으므로 아버지는 내게 끊임없이 고통을 주셨다. 그래서 아무리 멀리 떨어져 있어도 무서운 그 모습은 문득 문득 내 마음속에 떠오르곤 했었다. 그래서 어떤 일도 혼자서 해내지 못하고 두려움에 늘 사시나무 떨듯 하여 자신을 지탱할 수 없음은 물론 불면의 밤을 보낼 때도 많았다. 때론 죽음의 문턱을 넘나들며 세상을 포기하고도 싶었다. 이러한 때 나를 수렁에서 건져 올린 것이 명상을 통한 진리의 말씀이었다. 결국 아버지로부터 받은 고통으로 인해 진리에로 한 발 가까이 간 것이므로 아버지는 두 번이나 날 태어나게 하셨고 불안, 두려움을 씻어 주신 셈이다.

— 「당신이 날 영원케 하셨으니」 전문

제3부는 다소 관념적이다. 한 차례의 시험적 과정이라고 관찰하고 싶다. 명상의 시를 낳게 한 이유는 여학교 국어교사 때 몸에 깊이 베인 것이리라. 되돌아가서 「꽃 1」의 시를 살펴보자.

손대지 마십시오
시들어 버릴지도 모릅니다.
가까이 가지 마십시오
당신의 입김만으로도
꽃은 죽고 말 것입니다.
그냥 멀리서 아름다움을
화폭에 담으십시오.
기분이 울적할 땐
꽃을 바라보십시오
그래도 마음이
밝아지지 않는다면
그 꽃은 허공에 흩어지는
다만 한 점의 티끌이라 말하리다.

—「꽃 1」 전문

청소년의 성폭력이 횡횡하는 이 사회적 암울함. 교실

안에서 밝게 웃는 저 아이들에게 상처를 안겨다 주는 이 사회의 부조리를 꽃을 통해 호소하고 있다. 이 시대 사람들이 따뜻한 서정과 몸과 마음을 부빌 때 안정된 사회로 발전될 수 있다. 시인들이 그들의 언어가 이 사회를 따뜻하게 녹여주고 불안에 몸을 옴츠린 아이들에게 용기와 희망을 불어 넣을 수 있기를 장 시인은 희망하고 있다. 그런 준비를 위해 긴 명상의 시간 속에 머물러 있다. 바라건대 시가 이 시대와의 등가물이라고 하지만 좀 더 순수하고 따뜻하여 누군가 기댈 눈물과 기쁨의 언덕이 되기를 희망한다. 계속 그런 시를 써 주길….